LETTRE

D'UN RELIEUR FRANÇAIS

A

UN BIBLIOGRAPHE ANGLAIS.

LETTRE

D'UN RELIEUR FRANÇAIS

A

UN BIBLIOGRAPHE ANGLAIS,

PAR LESNÉ,

RELIEUR, A PARIS.

.... Nous voulons rester, nous resterons Français.

A PARIS,

DE L'IMPRIMERIE DE CRAPELET.

M. DCCC. XXII.

LESNÉ,

RELIEUR FRANÇAIS,

A MONSIEUR TH. F. DIBDIN,

MINISTRE DE LA RELIGION, A KENSINGTON.

Avec un ris moqueur, je crois vous voir d'ici,
Dédaigneusement dire : Eh, que veut celui-ci?
Qu'ai-je donc de commun avec un vil artiste,
Un ouvrier français, un *bibliopégiste?*
Ose-t-on ravaler un ministre à ce point!
Que me veut ce *Lesné?* je ne le connais point.
  Je crois me souvenir qu'à mon voyage en France,
Avec ses pauvres vers je nouai connaissance.
Mais c'est si peu de chose un poète à **Paris** !
  Savez-vous bien, Monsieur, pourquoi je vous écris?
C'est que je crois avoir le droit de vous écrire.
Fussiez-vous cent fois plus qu'on ne saurait le dire,
Je vois dans un ministre un homme tel que moi;
Devant Dieu je crois même être l'égal d'un roi.

D'après cet exorde, vous pensez sans doute que, bien convaincu de ma dignité d'homme, je me crois en droit de vous dire franchement ma façon de penser : je vous la dirai donc, Monsieur.

Si vous dirigiez un journal bibliographique ; que vous fissiez, en un mot, le métier de journaliste, je serais peu surpris de voir, dans votre *Trentième Lettre,* une foule de choses hasardées, de mauvais calembourgs, de grossièretés, que nous ne rencontrons même pas chez nos journalistes du dernier ordre, en ce qu'ils savent mieux leur monde, et que s'ils lancent une épigramme, fût-elle fausse, elle est au moins finement tournée.

Mais vous êtes Anglais, et par cela seul dispensé sans doute de cette politesse qui distingue si heureusement notre nation de la vôtre, et que vos compatriotes n'acquièrent pour la plupart qu'après un long séjour en France.

Ne croyez pas que j'aie en vue dans cette Lettre de relever toutes les inconvenances de la vôtre ; à Dieu ne plaise : elles sont en trop grand nombre. M. Crapelet, qui a pris la peine de la traduire, a relevé une partie de ces inconvenances, qui ont toutes, il faut le dire, un caractère national ; mais qui heureusement ne peuvent nuire en rien à la réputation des gens que vous avez si légèrement ridiculisés.

Je ne vous parlerai donc guère que de la reliure. Dans votre séjour à Paris, vous avez, dites-vous, consacré *plusieurs heures* à l'examiner ; c'est-à-dire que vous l'avez vue à vol d'oiseau. Vous avouez même que vous n'avez visité aucun relieur ; et cependant vous ne craignez pas d'avancer que les fers poussés sur tel livre que vous avez vu, ont été

chauffés *dans les réchauds ardens* de Thouvenin :
quelle légèreté d'expression!

> Vous éprouvez souvent le besoin de médire :
> Comme vous ravalez ce que le monde admire!

Si vous aviez pris la peine de visiter les ateliers
de nos fameux artistes, tels que ceux de Thouvenin
et Simier, vous eussiez vu quelles précautions, quels
soins sont apportés dans la pose, et particulièrement dans le chauffage des fers, qui, pour la plupart ayant servi long-temps, ont conservé le même
brillant, le même poli que s'ils étaient neufs; ce
qui prouve qu'ils ne sont pas chauffés dans des réchauds ardens.

Observez, Monsieur, comme la passion fait souvent juger peu sainement des choses; je crois même
que les savans et ceux qui passent pour l'être sont
plus enclins à ce défaut : forts de ce qu'ils savent,
ils pensent tout savoir, et sont très obstinés dans
leurs sentimens; si on leur fait apercevoir qu'ils se
trompent, c'est une raison de plus pour ne pas en
démordre : vous en êtes une preuve évidente. Vous
me paraissez très amateur de reliure; mais per-
mettez que je vous le dise, vous n'êtes pas assez
connaisseur pour juger dans une reliure terminée,
de sa bonne ou mauvaise confection intérieure :
témoin le craquement des feuilles que vous décrivez
d'une manière si emphatique, si originale, qu'il

faut en vérité chercher ce que vous voulez dire ; on
croirait à vous entendre, que c'est une des qualités
essentielles de la reliure française. En examinant
rapidement les différens genres français et anglais, je
vous dirai sur ce sujet des choses évidentes que vous
ignorez totalement, et que vous pourrez même fort
bien ignorer encore quand je vous les aurai dites,
car beaucoup d'ouvriers sont incapables de les dis-
cerner.

Si dans votre Lettre vous vous borniez à critiquer mon Poëme, ou même à dire que j'écris moins
mal que je ne relie, je me garderais bien de vous
répondre ; mais vous attaquez les relieurs français
en général ; vous prétendez qu'ils ne sont parvenus
au point où ils en sont qu'en imitant vos ouvriers ;
vous leur accordez, comme par grâce, qu'en con-
tinuant ainsi, *l'âge d'or pourra renaître en France
pour la reliure* : phrase à coup sûr plus gigantesque
que celle que vous me reprochez quand je parle de
sa décadence. Vos reproches sont publics, ma ré-
plique doit l'être, et il ne me sera pas difficile de
vous prouver que c'est justement en imitant vos
ouvriers que la reliure française est tombée dans
l'état de dépérissement où nous l'avons vue dans les
ouvrages communs ; et que, quant aux ouvrages
soignés ou de luxe, c'est encore en copiant trop servilement vos ouvriers que la plupart des nôtres (je
veux parler de nos ouvriers distingués) sont, pour

ainsi dire, tombés dans le gothique, dans le mauvais arrangement, la mauvaise composition des fers, enfin dans un embellissement mal entendu : car bien que vous blâmiez l'embellissement, la richesse des reliures, les ornemens étrangers dans les livres, vous me paraissez cependant y pencher.

Quant à moi je voudrais qu'on se bornât à établir des reliures simples, mais solides, susceptibles de durer autant de temps que les livres, dans les deux parties qui constituent essentiellement la reliure, c'est-à-dire la couture et l'endossement ; que l'on pût renouveler la couverture sans pour cela être obligé de démonter le livre, et par conséquent de le recoudre et le rogner de nouveau ; mon unique but est la conservation des marges, puisque c'est d'après leur dimension que s'établit ordinairement le prix d'un livre.

Voilà ce que j'ai essayé d'établir, de prouver, d'une manière claire et précise, dans ma méthode de perfectionnement ; méthode que nos ouvriers et les vôtres estiment intérieurement, et qu'ils n'adopteront pas, parce qu'elle est trop longue, et que, par la couture entière, ils seraient obligés de renoncer aux dos entièrement plats.

Maintenant qu'on est riche en livres, on ne lit plus autant qu'autrefois ; on s'inquiète peu de la solidité des reliures, on en fait des objets de parure, d'ameublement ; c'est chez vous qu'est née cette mode. Ceux qui lisent, et qui, par leur état, leur fortune, sont obligés d'avoir de beaux livres, ont des doubles exemplaires ; et les livres de parade ne bougent pas de dessus les rayons. Comment pourrait-on juger du degré de solidité de tels ouvrages ? La postérité les jugera ; et quand ces magnifiques cartons ne tiendront plus aux livres, on encadrera les plus beaux pour les conserver comme des échantillons de ce que faisaient les artistes de notre siècle. Ce pronostic regarde encore plus vos relieurs que les nôtres ; car les mors de vos livres en veau sont bientôt cassés ; vos ouvriers sont trop prodigues de ce que les nôtres économisent trop ; je veux parler de la colle-forte qui dessèche, durcit les mors et les nerfs, et fait casser la peau tout le long des dos ; ce qui arrive quelquefois à des reliures passablement bonnes d'ailleurs.

Alors les yeux seront dessillés ; on reviendra au simple et au solide. Je laisserai donc, pour ainsi dire, de côté l'embellissement, et ne m'occuperai guère que de la solidité.

Vous êtes convenu que nos Desseuil, Delorme, Derome, Pasdeloup surpassaient leurs contemporains anglais ; *qu'autrefois les Français éclipsaient tout le monde en reliure.* Vous n'en conviendriez pas, que toute l'Europe n'en serait pas moins convaincue : or, dites-moi, Monsieur, pourquoi vos relieurs et les nôtres ont cessé d'imiter ces grands maîtres? c'est le désir d'innover qui en a été cause; et la manie qu'ont malheureusement les Français d'imiter tout ce qui se fait chez l'étranger, les a fait copier : 1°. vos dos brisés à faux nerfs; 2°. la façon de vos mors, si préjudiciable à la conservation intacte des livres; 3°. vos dos plats, qui n'ont aucun soutien; 4°. et enfin l'embellissement outré, qui fait consumer en pure perte un temps précieux : tels sont les griefs que je reproche à votre reliure. Prouvons.

Les faux nerfs que vos relieurs ont introduits sur les livres, sont un vrai charlatanisme qui décèle l'impuissance où ils sont d'imiter, dans cette partie, la correction qu'y apportaient les relieurs anciens. Je l'ai dit et le répète ici, les dos venant à s'user, les faux nerfs feront autant de pendeloques assez désagréables : vos relieurs ne sont pas plus habiles que les nôtres dans la division des nerfs. J'admettrais que sur un livre très gros, en proportion de sa grandeur, tel qu'une grosse Bible *in*-8°, il ne devrait y avoir que quatre nerfs, afin de rendre les entrenerfs d'un carré oblong, et non tout étroits, et presque pas plus larges que les nerfs; mais c'est un abus d'en mettre cinq, comme c'en est un de n'en mettre que quatre sur un livre de deux à trois cents pages. Mais une bizarrerie qui n'a pas le sens commun, c'est de faire un entrenerf double des autres dans sa dimension. C'est de chez vous qu'est

venue cette méthode inepte. Pour plaire à des amateurs, Thouvenin exécute des reliures de ce genre;
mais dussiez-vous n'en pas convenir, il leur a donné
une sorte d'embellissement sur lequel vos ouvriers
sont bien loin de l'emporter.

Pour ce qui est de la facture des mors, je ne vois
pas que nos artistes y réussissent moins bien que les
vôtres; nos ouvriers du second ordre y manquent
rarement. S'il est permis de sacrifier quelquefois
l'utile à l'agréable, c'est seulement dans la facture des
mors que j'admettrais cette exception; mais il n'en
est pas moins vrai que les mors anciens étaient bien
préférables relativement à la conservation des livres.
Faits en biseau ou chanfrein presque insensible, le
mors du livre n'était pas ployé juste d'équerre,
comme il l'est aujourd'hui, et n'était pas fait aux dé-
pens des premiers et derniers cahiers des livres, qui
se trouvent quelquefois plus étroits de marge sur le
devant d'une partie de l'épaisseur des mors. C'est
pour cette raison qu'aux reliures soignées je recom-
mande une bonne quantité de gardes blanches; c'est
sur elles alors que portent les mors. Les mors en
biseau ne formaient pas à l'intérieur des livres, au
commencement et à la fin, des plis désagréables au
fond des cahiers, comme je l'ai remarqué dans vos
meilleurs ouvrages; souvent même les plis, chez
vous comme chez nous, existent par tout le dos, par
le fait de l'endossement fait au marteau. Les mors

si carrés, si jolis, et auxquels on ne renoncera jamais, mangent quelquefois les marges des fonds des premiers et derniers cahiers d'une manière irréparable dans les ouvrages d'un usage très fréquent.

Faites part, je vous prie, de mes observations à quelques uns de vos célèbres ouvriers, non à ceux qui sont accoutumés à voir par les yeux des autres, mais à de véritables artistes, à des hommes impartiaux; ils ne diront pas tout haut que j'ai raison, sans doute l'esprit national les en empêchera; mais ils vous l'avoueront tout bas, ou du moins ils ne se le dissimuleront pas intérieurement.

Vos ouvriers, et les nôtres après eux, sont tombés dans une étrange erreur en pensant que les dos presque plats peuvent se soutenir à des lectures réitérées, ou plutôt ils ne l'ont pas pensé; je ne leur suppose pas cette ineptie : ils ont sciemment sacrifié l'utile à l'agréable, car il n'y a qu'une couture entière qui soit susceptible de conserver au dos sa forme primitive; vos anciens et les nôtres l'avaient bien senti.

Les dos ronds ou demi-ronds, à la manière des anciens, présentent plus de difficultés pour les bien dorer, et particulièrement pour que les filets des divisions soient poussés horizontalement, surtout de tête et de queue, ce à quoi vos relieurs et les nôtres manquent trop souvent. Les dos ronds, même bien dorés, font un effet désagréable à l'œil de ceux qui

sacrifient volontiers l'utile à la symétrie, en ce
qu'il paraît exister entre la dorure de plusieurs volumes qui se touchent, et surtout dans les filets des
divisions, fussent-ils, je le répète, bien poussés,
des solutions de continuité, et cela par l'effet de la
convexité des dos et de la courbure presque insensible vers les mors.

Ce désagréable effet n'existe pas dans des dos
plats; au contraire, ils sont, quand la dorure est
bien faite, ce que je crois avoir suffisamment expli-
qué par ces vers :

« Que les filets poussés horizontalement,
« Se trouvent placés tous au même alignement,
« De sorte qu'un ouvrage étant sur la tablette,
« Tous les filets bien joints semblent une roulette;
« Ils ne plaisent à l'œil que lorsqu'ils sont d'accords,
« Que jamais les filets ne dépassent les mors. »

(La Reliure, Ch. vi.)

Non, sans doute, il ne faut pas qu'ils les dépassent,
mais il faut, il est indispensable qu'ils viennent
jusqu'aux mors, aussi-bien que les divers ornemens
dont on garnit les nerfs, à moins que ce ne soit de
petits compartimens; car quand ce sont des dessins
continus en mosaïque ou autres, qui s'arrêtent à
une ligne ou une demi-ligne du filet de mors, ou de
la place qu'il doit occuper, ces sortes d'ouvrages
ont l'air de ne pas être finis : aussi vos ouvriers,

pour échapper à l'œil scrutateur de l'amateur déli-
cat, ne mettent plus de filets de mors ; les nôtres
les ont imités, parce que cela vient de chez vous ;
et je vois en tous lieux des ouvrages que l'on admire,
et qui présentent ces difformités.

C'est donc pour obtenir cet effet agréable, c'est
pour rendre plus facile la dorure des dos, que vos
relieurs ont fait les dos plats ; mais je doute fort
que vos livres manuels se soutiennent plus long-
temps que les nôtres : passe encore pour les livres
de bibliothéque, que chez vous, comme chez nous,
on n'a que par curiosité.

Comme les nôtres, vos ouvriers se dispensent de
l'emploi du parchemin dans l'endossement, ou, s'ils
en mettent, ils négligent de le coller au dedans du
livre sur les cartons, afin qu'ils ne paraissent pas au
travers des gardes. Qu'à l'imitation des anciens ils
mettent des gardes entières en parchemin, elles ne
paraîtront pas au travers du papier des gardes ; elles
contribueront à faire fermer hermétiquement le
livre, et l'on ne verra pas, comme je vous l'ai déjà
dit, des cartons s'en séparer.

Quant au craquement des feuilles, qui paraît vous
causer des attaques de nerfs, vous vous méprenez
singulièrement en pensant que ce n'est que parce
que les livres sont trop battus qu'ils font ce désagréable effet ; cela peut quelquefois avoir lieu
quand le livre n'a pas été battu également. Un livre

parfaitement bien battu, mis en presse par petites
parties, qui ne ferait aucun pli avant d'être cousu,
pourrait en faire étant terminé : cela arrive quand
celui qui l'a cousu, croyant qu'une des qualités
essentielles d'une bonne couture est d'être serrée,
tend par trop les fils qui fixent chaque cahier; ceux-ci
forment des ondulations qui tendant à s'allonger, à
prendre toute leur extension naturelle, à s'aplatir,
en un mot; et ne pouvant le faire, quand le livre
est mis en presse toutes les fois que la manutention
l'exige, causent ce craquement qui vous déplaît ainsi
qu'aux véritables amateurs, mais que personne ne
décrirait d'une manière si singulière que vous l'avez
fait.

L'explication que je viens de vous faire est, je
crois, palpable; et s'il était question de la vérifier
dans un livre qui présenterait ce défaut, il faudrait
le démonter soigneusement, le remettre simple-
ment en presse par petites parties, puis vérifier.
Quand tous les cahiers auraient repris leur extension primitive, on trouverait que le livre, juste
d'équerre avant d'être défait, serait plus long du
côté du dos que sur le devant. Vous voyez, Monsieur, comme il est facile de mal juger dans les
choses qu'on ne connaît pas.

Il me reste à vous parler de l'embellissement mal
entendu, souvent même outré, de la plupart de
vos ouvriers, que les nôtres, je vous le répète,

ont trop servilement imité ; mais cela n'aura qu'un temps : on reviendra au genre simple, qui certes n'est pas le moins beau , ni le moins difficile, en ce qu'il ne souffre pas de médiocrité. Aujourd'hui ce n'est pas que dans la reliure qu'on est retombé dans le gothique ; il y a une infinité de choses pour lesquelles on a donné dans le même excès :

> Dans tous les objets d'art d'un précieux fini,
> Aujourd'hui le moderne est du vieux rajeuni ;
> Ressemblant au phénix qu'en vain le feu dévore,
> Le gothique renaît , meurt , et renaît encore.
> Ce vieil hydre en tous lieux s'introduit sourdement ,
> Et les progrès des arts causent tout son tourment.
> L'ardeur de dominer fait son unique envie ;
> Mais chassé dès long-temps de la typographie ,
> Qu'il aille, bien certain des plus honteux revers,
> Se cacher pour jamais au bout de l'univers.

Si j'étais maître de son sort, je ne consentirais qu'avec peine qu'il se réfugiât dans votre île ; le passage du détroit qui nous sépare lui est trop familier. N'inférez pas de tout ceci que ce genre soit un monstre à mes yeux.

> Sans doute le gothique a des formes heureuses ,
> Mais elles sont souvent plutôt capricieuses ;
> Je l'estime, et voudrais qu'on en tirât parti,
> Mais non pour retourner juste où l'on est parti.

Vous reprochez à *Boserian l'aîné* de s'être trop

compli dans les outils de dorure ; vos ouvriers en sont quelquefois prodigues, soit qu'ils les poussent avec ou sans or : ils nous ont donné le pitoyable exemple de pousser des fers sans or, dont les dessins ne paraissent pas en relief; tandis que le bon goût voudrait que tout fer dît à froid, roulettes, palettes ou fleurons même, poussés sans or, parussent en relief : ce en quoi nos artistes ont devancé les vôtres. Je sais bien que les dépenses sont considérables; mais les fers imprimés en creux, les mêmes fers qui servent à la dorure, doivent être exclus des embellissemens dits à froid.

Encore quelques mots sur les compartimens que vos ouvriers poussent d'un seul coup sur les plats des couvertures : si c'est une beauté que des fers à froid soient profondément imprimés, soient frappés de manière que tous les ornemens soient bien visibles, c'est une grande difformité que des fers dorés soient enfoncés de la même manière. De plus, ces compartimens sont très souvent mal appropriés aux formats; quelquefois ils sont trop courts ou trop étroits, quelquefois trop larges et trop longs; il n'y a que le format pour lequel ils ont été faits, auquel ils soient propres : si on les pousse sur un format plus petit ou plus grand, toute l'harmonie est détruite; avec un peu de charlatanisme on remédie tant soit peu à ces incorrections, mais le véritable connaisseur aperçoit toujours le métier; il n'y a que l'ignorant qui s'extasie sur des choses d'une exécution choquante. Je sais bien que je puis dire avec plus de vérité qu'un de nos poètes, que je suis *plus enclin à blâmer que savant à bien faire;* mais que voulez-vous? je suis passionné pour mon art; et dussiez-vous m'en blâmer, j'aime à en discourir, comme vous aimez à conter.

Il résulte de toutes mes observations, que c'est en se copiant tous mutuellement, qu'on finit par ne rien faire de bon dans aucun genre. Il n'y a eu guère que Boileau qui, en imitant, en traduisant même, est demeuré original, au point de ne pouvoir être imité par personne. C'est une maladie française de vouloir toujours imiter les Anglais; ceux-ci, à leur tour, commencent à en être atteints. Ainsi l'habitude que vos libraires ont prise de faire cartonner les livres leur est très préjudiciable; on les grecque impitoyablement, on les endosse sans ménagement, ils sont abondamment pourvus de défectuosités. J'aime à voir conserver les objets d'arts, n'importe de quel pays ils viennent. Il m'est passé par les mains quelques exemplaires du beau livre intitulé : *Italian Scenery.* Ces exemplaires étaient tous mutilés, ayant été percés, pour les assembler, à un pouce dans les marges du fond, et quelquefois sur le devant des figures, comme on assemble à tort en France les livres de musique. Vous avouerez que c'est détruire à plaisir.

J'aimerais mieux que les libraires qui établissent de beaux livres, même des *in-8°* sans figures, les fissent plier soigneusement, et les renfermassent dans de petits cartons que les amateurs consenti-raient à payer séparément : on aurait au moins des livres intacts ; tandis qu'en apportant tous les soins imaginables, en défaisant une brochure, il y a tou-jours quelques fonds de cahiers qui en souffrent. C'est bien pis quand les livres brochés ou cartonnés sont mal pliés, comme cela arrive trop souvent ; en les repliant, il se trouve des parcelles de papier de couleur sur les marges du fond, des marques de grecque, ou pour le moins des taches de colle, qu'on ne fait jamais disparaître parfaitement.

Enfin c'est en imitant qu'on réussit presque tou-jours mal ; vous en êtes encore une preuve évi-dente. J'ai vu en beaucoup d'endroits de votre Lettre, que vous avez voulu imiter Sterne : qu'est-il ar-rivé ? vous êtes resté au-dessous de lui, comme tous les imitateurs de notre bon La Fontaine sont restés en-deçà de l'immortel fabuliste.

Vous me paraissez écrire indifféremment ce qui vient au bout de votre plume, sans prendre la peine de vous relire. Aussi, après m'avoir fait l'honneur de rapporter plusieurs citations de mon Poëme et de ses notes, vous annoncez qu'un relieur *du nom de Lesné s'occupe d'un Poëme sur la Reliure ;* vous en transcrivez le début et la fin ; vous vous apitoyez

sur mon sort en cas que je sois marié, et que j'aie de
la famille; puis, un moment après, vous ne faites pas
de difficulté d'annoncer que j'ai dédié mon Poëme à
mon fils âgé de dix-sept ans. En vérité, Monsieur,
vous avouerez qu'on ne saurait être plus diffus; qu'il
est impossible de mettre moins d'ordre dans une ré-
daction. Je suis fâché qu'un ouvrier vous en fasse la
remarque. Le désir de conter vous fait citer mal, et
vous donnez de telles tournures à ce que vous tra-
duisez, que vous changez le sens, que vous défi-
gurez tout. Tenez, Monsieur, mon Poëme et ses
notes vous ont donné de l'humeur; vous eussiez pré-
féré que ce fût un ouvrier anglais qui l'eût composé;
vous n'eussiez pas été choqué des éloges qu'il eût
donnés à ses confrères, s'il leur en eût donné; vous
ne l'eussiez pas été non plus qu'il les qualifiât d'artistes; mais, Monsieur, dans tous les arts il y a des
ouvriers et des artistes. Je crois que ce distique pourrait trancher cette antique difficulté :

Un art n'est qu'un métier dans une main vulgaire;
Un métier est un art quand on le sait bien faire.

Il est impossible de ne pas être de cet avis. Je sais
bien qu'il y a des gens qui se qualifient d'artistes,
et qui ne méritent pas ce titre; mais le public en
fait justice et en rit.

Tout le monde aujourd'hui prend le titre d'artiste;
Un chétif écrivain, misérable copiste,

Se croit au moins l'égal des Fillot *, des Jarry ;
Il n'est empoisonneur qui pense être un Véry ;
Chacun dans son état veut être un grand apôtre ;
Tout horloger se croit un Breguet, un Lepautre.
Aubry, s'il existait, sans beaucoup de façons,
Aux Didot sur leur art donnerait des leçons !
Luniers broche en basane aussi bien que Leprince :
Dans l'ouvrage soigné leur succès est très mince ;
Cependant chacun d'eux dit qu'en le payant bien
Il pourrait aisément surpasser Thouvenin.
L'ignorance est toujours prompte à se croire habile.
En veut-on un exemple, on en rencontre mille :
Chez vous comme chez nous on trouve à chaque pas
Gens qui veulent passer pour ce qu'ils ne sont pas.

Ne croyez pas cependant, Monsieur, être le seul à qui mon Poëme déplaise ; j'ai été critiqué même par ceux qui ne m'ont point lu. Il y a des gens, et peut-être êtes-vous de ces gens-là, qui ne pardonnent guère à un ouvrier de paraître un peu moins sot que ne semble le comporter sa condition ; mais consolez-vous, j'ai ouï dire que des personnes sages, zélées, travaillaient ardemment à réprimer, prévenir, empêcher, ou punir cet abus intolérable. Je vous dis tous les mots en usage en pareil cas, tant je suis

---

* Fillot était le calligraphe qui se chargeait de copier des feuillets pour tous ceux qui voulaient l'employer ; il imitait, avec la même vérité, les éditions des Alde, des Étienne, des Elzevirs, les caractères gothiques, ceux des Bodoni, Didot, etc. Si vous eussiez demandé son nom, M. Chardin ou d'autres personnes n'auraient pas fait difficulté de vous l'apprendre.

incertain sur le mot propre. Mais revenons à mon Poëme. Quelques personnes lui font grâce en faveur de la bonne intention et des notes ; et vous, ce sont les notes qui vous déplaisent le plus , parce qu'elles donnent des explications qui ne sont pas de votre goût, et puis, vous trouvez peut-être qu'il est ridicule de se commenter soi-même. Que voulez-vous ! j'ai fait comme tout le monde :

> J'ai vu que les auteurs , dans le siècle où nous sommes,
> Se souciaient très peu de passer pour grands hommes :
> Qu'ils préfèrent enfin eux-mêmes commenter
> Ce qu'on pourrait un jour très mal interpréter.
> Quand ils n'existent plus, qu'ils ne peuvent répondre ,
> Il n'est pas difficile alors de les confondre;
> Et le premier pédant qui se croit de l'esprit,
> Se fait commentateur, taille sa plume, écrit.
>
> Les auteurs de nos jours, plus prudens et plus sages,
> Préfèrent, eux vivans, commenter leurs ouvrages,
> Que de s'en rapporter à des savans en *us*,
> Qui leur font leur procès alors qu'ils ne sont plus,
> Et souvent mal payés par d'avides libraires,
> Pour vivre plus long-temps font de longs commentaires.
>
> On commente, on traduit : chaque commentateur
> Croit entendre tout seul le vrai sens de l'auteur.
> D'un commentaire obscur chaque page est farcie;
> La phrase la plus claire est souvent obscurcie.
> Racine commenté par cent auteurs divers,
> Est-il mieux entendu de ceux qui font des vers?
> Que peut-on dire encor de cet auteur aimable?
> Le commentaire est fait : beau, divin, admirable !

Voilà ce qu'on peut dire à tout vers, à tout mot.
Les Luneau-Boisjermain, les Geoffroy, Petitot,
Pensaient-ils ajouter à sa gloire immortelle?
On ne parlera plus de ces gens pleins de zèle,
Et Racine et Corneille, Horace et Despréaux,
Pour nos derniers neveux seront toujours nouveaux!
      Par les notes qu'on fait soi-même à ses ouvrages,
Ou trouve le moyen de quadrupler les pages;
Et si l'on peut aussi quadrupler les écus,
Les soins qu'on s'est donnés ne sont pas superflus.
De là, cent lieux communs, mille raisons bien sottes,
Un poëme aujourd'hui ne parait pas sans notes,
Ou ce serait choquer l'usage, le bon sens;
Le plus petit poëme, à trois ou quatre cents,
Doit être accompagné de notes, de préface,
D'un avertissement et d'une dédicace.
Ai-je comme Hardouin, en dépit d'Apollon,
En pitoyables vers travesti Fénélon?
Aurais-je osé toucher cette prose admirable
Pour en faire un poëme aride et détestable?
Ai-je dans quelque pièce au-dessous du mesquin
Essayé le cothurne ou bien le brodequin?
      J'ai chanté mon état, et sans qu'on me déplaise,
Un chacun sur mes vers peut gloser à son aise;
Mais si l'on parle d'art, et qu'on veuille prouver
Qu'en perfectionnant je voulus innover;
Si l'on dit, qu'exerçant sa gothique influence
Le seul goût des Anglais doit prévaloir en France;
Si l'on veut soutenir que notre Thouvenin,
Près de Charles Lewis n'est tout au plus qu'un nain,
Et que même chauffant ses fers outre mesure,
Il n'est près d'Albion qu'un novice en dorure,

Je me récrie alors, et j'affirme en ce cas,
Que ce beau jugement est celui de Midas.

Je me garderai bien de passer sous silence la dernière partie de votre Lettre : *Un bruit assez étrange est venu jusqu'à vous ;* et Charles Lewis doit vous quitter pour quelque temps pour établir en France une école de reliure, d'après les principes du goût anglais ; mais vous croyez, dites-vous, que ce projet est sûrement chimérique, ou que, si on le tentait, il serait de courte durée.

Pour cette fois, Monsieur, votre pronostic serait très juste ; cette démarche serait une folie : il faudrait s'abuser sur l'engouement des amateurs français, et ceux qui sont atteints de cette maladie ne sont pas en assez grand nombre pour soutenir un pareil établissement.

Oui, l'on aime votre genre de reliure ; mais on aime les reliures, façon anglaise, faites par les Français. Pensez-vous donc, ou Charles Lewis pense-t-il qu'il n'y ait plus d'esprit national en France ?

Allez, le sang Français coule encor dans nos veines ;
Nous pourrons éprouver des malheurs et des peines,
Que nous devrons peut-être à vous autres Anglais ;
Mais nous voulons rester, nous resterons Français !

Ainsi, que Charles Lewis ne se dérange pas ; qu'il cesse, s'il les a commencés, les préparatifs de sa descente ; qu'il ne prive pas ses compatriotes d'un

4

artiste soi-disant inimitable. Nous en avons ici qui le valent, et qui se feront un plaisir de perpétuer parmi nous le bon goût, l'élégance, et la noble simplicité.

J'étendrais plus loin mes observations si je voulais entrer dans des détails qui, au premier aspect, ne paraissent pas être de mon ressort. Je veux parler des bévues, des nonchalances de vos imprimeurs ; je vous en citerai seulement quelques unes que j'ai omises dans mon petit ouvrage. Ces fautes consistent à faire dans le même livre, et quelquefois du *verso* au *recto*, des pages plus courtes les unes que les autres. On en rencontre dans beaucoup de vos éditions, et même dans des livres qui, au premier coup d'œil, paraissent soignés : avec des ouvrages si mal justifiés, il est impossible au relieur d'égaliser les marges.

Je me bornerai à vous signaler la belle édition de Gilblas, imprimée par T. Davison, Whitefriars ; Londres, 1809, quatre volumes grand *in-4°*. Les pages portent vingt-trois lignes ; mais il y en a de vingt-deux et de vingt-quatre. Le premier volume fourmille de ces défauts ridicules.

Dans nos ouvrages les plus communs je ne remarque pas de ces gaucheries impardonnables. En France, on ne donne pas non plus aux beaux livres des marges presque égales tout autour ; ces livres, reliés plusieurs fois, seront tout-à-fait ridicules en ce qu'ils auront plus de marge dans le fond que partout ailleurs, à moins qu'on ne les rogne par le dos pour les égaliser. Cela n'effraie pas vos relieurs : cette méthode destructive leur est familière.

D'après la multitude de choses hasardées que contient votre Lettre, vous en aurez probablement reçu quelques unes de personnes que vous aurez choquées plus que moi, qui vous devrais plutôt des remercîmens pour avoir pris la peine de traduire quelques pages de mon ouvrage ; mais il n'en est pas de même de bien des gens, et cela ne doit pas les engager à être autant communicatif avec vous, si vous reveniez en France. Je souhaite, dans ce dernier cas, que tous les typographes, les bibliothécaires, les bibliognostes, les bibliographes, les bibliolathes, les bibliomanes, les bibliophiles, les bibliopoles, ceux qui exercent la bibliuguiancie, et les bibliopégistes même, soient pour vous autant de bibliotaphes ; vous ne seriez plus à même de critiquer ce que vous sauriez et ce que vous ne sauriez pas, comme vous l'avez si souvent fait inconsidérément :

> Mais tous vos procédés ne nous étonnent pas,
> C'est le sort des Français de faire des ingrats ;
> On les voit servir ceux qui leur furent nuisibles ;
> Je crois que sur ce point ils sont incorrigibles.

Je vous avouerai cependant que je suis loin d'être

fâché de vous voir en agir ainsi envers mes compatriotes : je désirerais que beaucoup d'Anglais fissent
de même ; cela pourrait désangliciser ou désanglo-
maniser les Français. Vous, Monsieur, qui aimez les
mots nouveaux, aidez - moi, je vous prie, à fran-
ciser, à purifier celui-ci. Quant à moi

> Je ne fus pas nourri de grec et de latin,
> J'appris à veiller tard, à me lever matin,
> La nature est le livre où je fis mes études,
> Et tous ces mots nouveaux me semblent long-temps rudes ;
> Je trouve qu'on ne peut très bien les prononcer
> Sans affectation, au moins sans grimacer ;
> Que tous ces mots tirés des langues étrangères
> Devraient être l'objet de critiques sévères.
> Faites donc de l'esprit en dépit du bon sens,
> On vous critiquera ; quant à moi j'y consens.

Je terminerai cette longue Lettre de deux ma-
nières : à l'anglaise, en vous souhaitant le bonjour
ou le bonsoir, suivant l'heure à laquelle vous la
recevrez ; à la française, en vous priant de me
croire,

   Monsieur,

     Votre très humble serviteur,

       LESNÉ.

www.ingramcontent.com/pod-product-compliance
Lightning Source LLC
LaVergne TN
LVHW050328030726
842520LV00005B/1833